Renate & Uwe H. Sültz

DER SICHEL MÖRDER

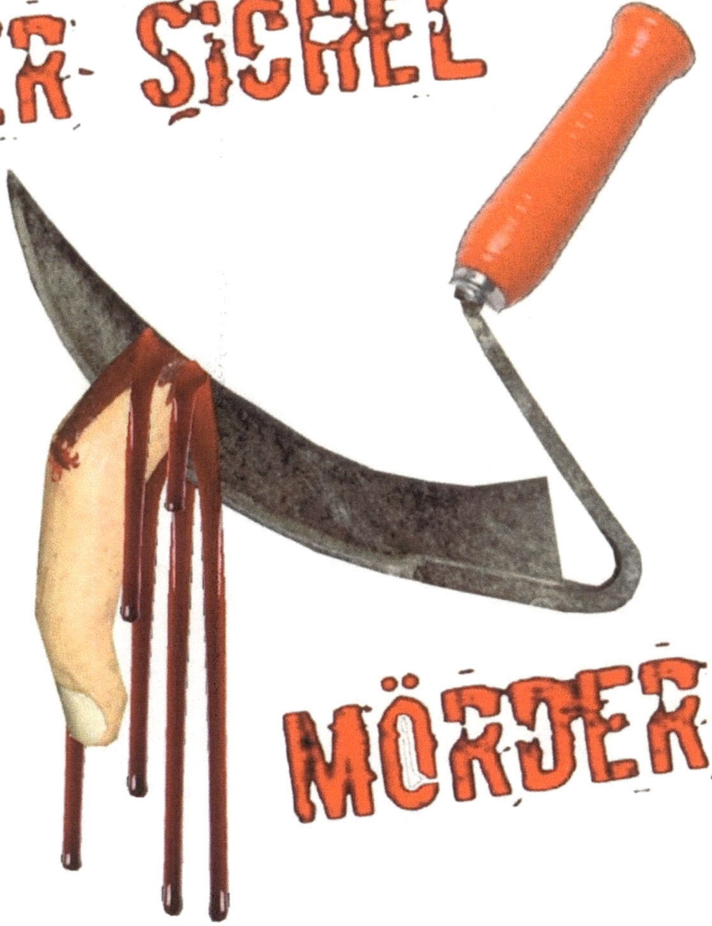

BoD - Books on Demand

Norderstedt, Germany 2019

Bibliografische Information durch die Deutsche Nationalbibliothek

Die Deutsche Nationalbibliothek verzeichnet diese Publikation in der Deutschen Nationalbibliografie; detaillierte bibliografische Daten sind im Internet über http://dnb.dnb.de abrufbar.

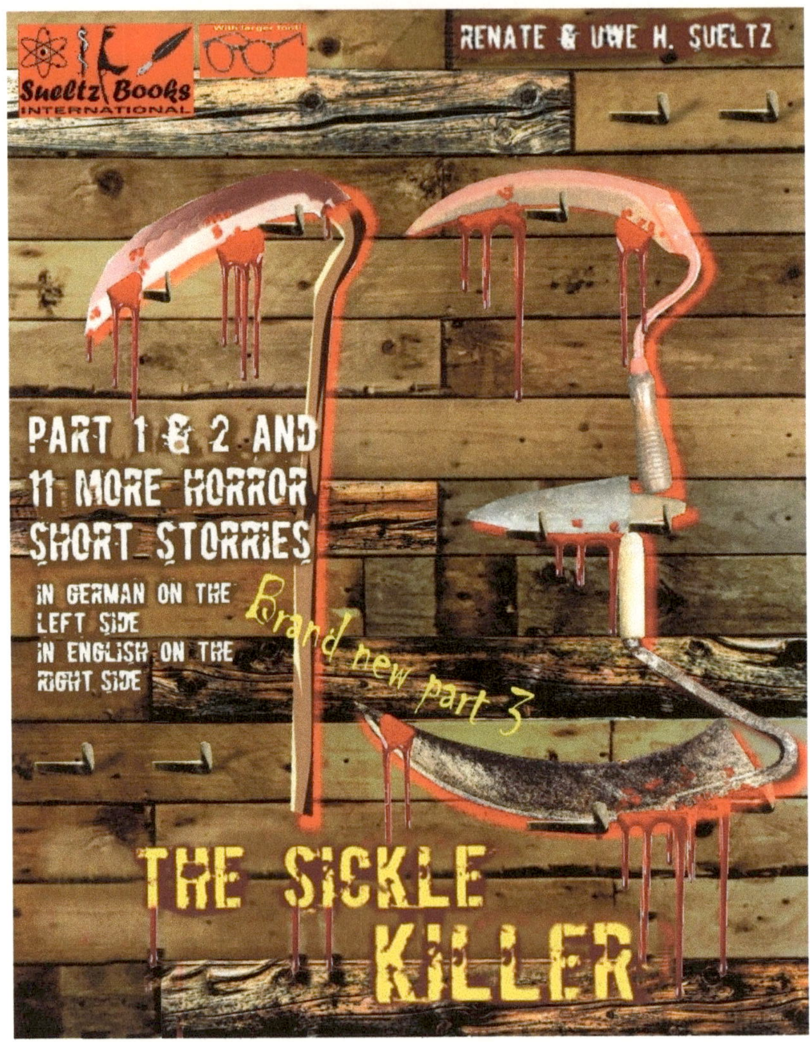

Herstellung und Verlag: BoD – Books on Demand, Norderstedt, Germany

ISBN 9-78374-9-48690-8

DER SICHELMÖRDER

Es war das Jahr 1896 in London …

Unheimliche Nebelschwaden legten sich über die Stadt. Es trieben sich unzählige zwielichtige Gestalten in der Stadt herum. Elektrische Laternenbeleuchtung gab es noch nicht. Straßen und sogar kleinere Nebenstraßen waren mit dickem Kopfsteinpflaster überzogen. Schritte im Dunkeln konnte man sehr deutlich hören. Bei diesem dicken Nebel war es gruselig in der Nacht.

An einem Freitagabend gegen 21 Uhr, es war wie gesagt kalt und neblig, hielt eine Kutsche genau vor dem Pub von Andree Stone. Ein hagerer Mensch, ganz in Schwarz gekleidet, stieg aus dem Pferdewagen. Er bewegte sich langsam, es war unheimlich anzusehen.

Andree Stone, der Wirt, war ein biederer, alter Mann, der die letzten Jahre in seiner beliebten Bierstube verbringen wollte. So konnte er sich noch ein paar Pfund Sterling verdienen, um die Unkosten des Pubs begleichen zu können. Er rechnete nicht damit, dass um diese Zeit noch ein Gast kam. Heftig pochte dieser an die Scheibe des kleinen Fensters. Wortlos öffnete der Wirt die Tür und deutete mit einer Handbewegung an, dass eingetreten werden kann. Auch dieser suspekt wirkende Herr sprach nicht.

Die schwarze Kleidung und der schwarze Hut, der weit ins Gesicht hing, machte Andree Stone Angst. Außerdem trug der Herr einen schwarzen Koffer mit sich, den er fest in seiner linken Hand hielt. Um Mitternacht war der Pub immer noch durch die zahlreichen Gaslaternen hell beleuchtet. Irgendwann muss der in Schwarz gekleidete Herr den Pub wieder verlassen haben. Niemand hat ihn gesehen … niemand weiß, was sich im Pub abgespielt hat.

Gegen Morgen des folgenden Tages brachte der Zeitungsbote die Daily Mail in den Pub. Der Bote klopfte wie immer an die Tür. Stone rief aber nicht „komm' herein in die gute Stube". Vorsichtig öffnete der Bote die Tür zum Pub. „Herr Stone! Ihre Daily Mail ist hier!", rief er. An der Theke angekommen bemerkte er, dass er in irgendetwas Glitschiges getreten hatte. Der Bote blickte auf den Boden und erschrak. Andree Stone lag in seinem Blut. Der Kopf, Arme und Beine lagen abgetrennt neben dem Torso. Das Blut war komplett aus seinem Körper gelaufen und bildete eine entsprechend große Blutlache.

Von der Polizeiwache, 26 Old Jewry, kam der Beamte Jack Harris in den Pub. Jack Harris drehte sich mit einem verzerrten Gesicht um, als er den Toten sah. Sein Mageninhalt drohte sich selbstständig zu machen. So etwas Grausames hatte er in seiner gesamten Laufzeit als Kripobeamter nicht gesehen.

In einer exakt gerade geschnittenen Linie wurden dem Pub-Besitzer der Kopf und die übrigen Gliedmaßen abgetrennt.

In den darauf folgenden Monaten wurden noch viele Morde gemeldet, die diesem Mord gleich kamen. Immer wieder fanden Kommissar Harris und seine Kollegen zerstückelte Leichen. Es gab aber kein Muster. Niemand wusste, wer das nächste Opfer werden würde. Es traf sogar den armen Daily Mail-Boten. In einer Nebengasse suchte sich sein Blut in den Fugen des Kopfsteinpflasters einen Weg zum Abwasserkanal. Eine Prostituierte ist diesem unheimlichen Mörder ebenfalls zum Opfer gefallen. Ihr nächster Freier bekam einen Nervenzusammenbruch, als er Arme und Beine in der Wohnung verteilt liegen sah. Das Bett der Prostituierten war Blutrot gefärbt … die Matratze völlig durchnässt. Und in einem Fall wurde der Mord entdeckt, weil durch den Holzboden Blut in die darunterliegende Wohnung tropfte. Der getötete war ein Apotheker. Wie gesagt, es ließ sich kein Zusammenhang herstellen.

Kommissar Harris setzte sich mit seinen Kollegen an einen Tisch. Die Ratlosigkeit in ihren Gesichtern sprach Bände. Der Täter hinterließ in keinem der Mordfälle eine Signatur. Lediglich ahnten sie, dass es sich bei der Mordwaffe um etwas Größeres als um ein Messer handeln musste.

Arme und Beine mussten mit einem Hieb abgetrennt worden sein, so sauber war der Schnitt. Man einigte sich auf die Akte „Sichel-Mörder". Irgendwann legte man diese Mordfälle vorläufig zu den Akten. Vergessen wurden sie natürlich nicht.

London 1991 …

Eine Sichel war es in der Tat. Die Sichel war goldfarben und hatte einen blutroten Griff. Steven Miller bekam sie von seinem verstorbenen Großvater geschenkt. Er brachte die Sichel aus Bosten, USA, mit nach Großbritanien. Damals sagte er zu ihm: "Mein Junge, diese Sichel ist etwas Besonderes. Wenn du sie sorgfältig behandelst, wird sie dir Glück bringen. Solltest du sie aber vergessen und nicht mehr wissen, dass sie in deinem Besitz ist, wirst du das Unheil kennenlernen. Deine Seele verändert sich und du bist nicht mehr der, der du mal warst." Steven konnte nicht glauben, was der Großvater da von sich gab. Die Sichel war aber so faszinierend schön, dass gleichzeitig etwas Magisches, aber auch etwas Grausames von ihr ausging. In einem mit rotem Samt ausgelegenen Koffer überreichte der Großvater Steven die Sichel. Tatsächlich vergaß der junge Mann im Laufe der Zeit, dass er sie besaß.

Doch eines Tages erinnerte er sich wieder an die Sichel. Er begab sich auf den Speicher seines Hauses und dachte an seinen Großvater.

Arms and legs had to be cut off with a blow, so clean was the cut. They agreed on the file "sickle murderer". At some point, these murders were temporarily filed. Of course they were not forgotten.

Er erinnerte sich wieder an die Worte seines Großvaters. Vorsichtig nahm er sie aus dem Koffer und versuchte den alten Glanz wieder herzustellen, den die Sichel einst besaß. Doch es ging nicht mehr. Sie blieb stumpf und rostig. Doch noch etwas anderes fiel Steven auf. Er merkte, dass mit ihm etwas geschah. In seinem Körper ging etwas vor sich, dass ihm gar nicht gefiel. Einige Minuten später befand er sich plötzlich nicht mehr in seiner modernen Londoner Wohnung im Jahr 1995, sondern im 19. Jahrhundert.

Jetzt lebte er in einer ärmlich eingerichteten Stube, die sich über einem Krämerladen befand. Sein verschlissener, schwarzer Mantel hing ordentlich an der Zimmertür. Steven war immer wieder von oben bis unten mit Blut beschmiert, doch er schlief tief und fest. Als er erwachte, wurde ihm klar, dass er sich wieder in den Fängen dieser grausamen Sichel befand. Es wurde ihm übel, auch sein schwaches Herz machte nicht mehr lange mit. Was hatte er nur jetzt wieder getan? Jedes Bemühen, sich aus diesem Horrortraum zu befreien schlug fehl. Der junge Mann konnte nicht wieder gut machen, was er getan hatte. Seine moderne Londoner Wohnung ließ ihn zeitweise auf andere Gedanken kommen. Der Koffer mit der Sichel stand im Flur. Immer deutlicher wurde ihm klar, dass er sich in den Armen eines Dämons befand.

Ein Entkommen war nicht möglich. Das war er doch nicht er, der da mordete … nein, das war er wirklich nicht. Es war die Sichel … war es der Geist der Sichel? Kaum das sich Steven etwas von seiner letzten Tat erholen konnte, fing alles wieder von vorne an. Innerhalb weniger Sekunden befand er sich immer wieder im nebeligen London des 19. Jahrhunderts wieder. Er trug diesen langen, schwarzen Mantel. Die Krempe seines Hutes verdeckte sein komplettes Gesicht. Wie von Geisterhand gesteuert, öffnete er die Tür seines Zimmers und ging leise die Treppe hinunter. Seine Vermieterin sollte nichts merken. Er verschonte sie sogar. Wieder mordete er in vielen unheimlichen Nächten. Er zerstückelte seine Opfer immer wieder. Niemals hinterließ er eine Signatur.

Im Jahr 1896 …

In einer Nacht aber streikte sein krankes Herz. Man fand Steven Miller tot neben seinem Opfer liegen. Kommissar Jack Harris fand die Toten. Die ungelösten Mordfälle hatten sich nun endlich von alleine gelöst. Vorsichtig wurde die Horrorsichel verpackt und dem hiesigen Metropolitan Police Crime Museum übergeben. Hin und wieder wurde die Sichel auch in anderen Museen ausgestellt.

JEDOCH WUSSTE NIEMAND, WELCHE DÄMONISCHEN KRÄFTE IN DIESER SICHEL STECKTEN.

Passwort-
Einlog-
Buch
Sültz Bücher
Digitaler
Nachlass

Passwort Manager - Logbuch - Safe
Internet & Passwort Organizer

Sültz Bücher

INPUT PASSWORT:

Q W E R T Y U I O P
A S D F G H J K L
Z X C V B N M $
123 LOG IN !?

Eine andere Zeit – der gleiche **HORROR**:

New Scotland Yard - Metropolitan Police Crime Museum – 1967

Ein Umzug in größere Räume stand an. Das sogenannte Schwarze Museum beinhaltete viele Mordinstrumente, die von jedem Polizisten angesehn werden konnte. Verantwortlich für den Umzug war Polizist Jack Gordon. Als er die Sichel mit dem blutroten Griff nehmen wollte, löste diese sich aus der Verankerung und durchtrennte den Daumen von der Hand Gordons. Dieser Augenblick reichte aus, dass die Sichel das Böse zu Gordon übertrug. Er schrie nicht vor Schmerzen. Jack Gordon nahm die Sichel mit der anderen Hand und legte sie in seinen Aktenkoffer. Der Daumen verblieb im Glaskasten. Mit einem Taschentuch stillte er die Blutung. Er verlor sehr viel Blut. Mit letzter Kraft warf er den Aktenkoffer am Themse Weg in den Fluss. Er schaffte es noch bis in die Kirche „St. Edmund Church". Danach brach der Polizist zusammen und starb. Untersuchungen des Blutes im Daumen und im Körper ergaben, dass das Blut schwarz war und ohne Sauerstoff.

Boston, Massachusetts, 1981

Linda Evans spielte am Strand in der Nähe des Yacht Clubs in Boston. Ihre Eltern Ben und Liv Evans verhandelten gerade mit dem Besitzer des Yacht Clubs über einen Wochenendausflug mit einer Motoryacht. Das Geschäft wurde besiegelt. „Linda! Kommst du bitte! Wir wollen fahren!", rief Vater Ben. „Dad, schau einmal, was ich gefunden habe!", rief Linda. Ben und Liv staunten nicht schlecht, denn ihre Tochter fand einen verschlossenen Aktenkoffer. „Na, wenn das das große Los ist, dann brauchen wir die Yacht nicht zu mieten, dann kaufen wir sie gleich.", flachste Ben. „Glaubst du wirklich, da sind Dollar im Koffer?", fragte Liv. „Ich weiß es nicht. Wir nehmen den Koffer erst einmal mit. Er muss zuerst trocknen.", antwortete Ben. Fröhlich fuhr die Familie zuerst zu McDonnalds, dann ging es nach Hause. Sie wohnten in Westminster, Massachusetts. Das Haus lag mitten im Wald. Liv liebte ihren Kräutergarten. Ben seinen alten Mustang, an dem er jede freie Minute arbeitete. „Was war eigentlich im Aktenkoffer?", fragte Liv ihren Ehemann. „Oh, gut, dass du fragst. Ich weiß es nicht. Wir schauen zusammen hinein."

Der Aktenkoffer lag nun bereits eine Woche im Auto. Sie brachen das Schloss auf und fanden eine stark verrostete Sichel. „Na, das war wohl nichts mit der Million Dollar.", sagte Ben ganz enttäuscht. „Macht nichts. Ich kann die Sichel gut für meinen Kräutergarten gebrauchen. Restaurierst du sie mir?" „Eine neue Sichel wäre günstiger." „Ach nein, dieser Fund erinnert mich immer an den herrlichen Ausflug."

Ben legte die Sichel in das Gartenhaus. Hier waren Werkzeuge und Ersatzteile für den Mustang gelagert. Wochen später wollte Ben die Sichel auf Hochglanz bringen. Irgendwie gelang es ihm aber nicht. Kaum glänzte sie, war sie am nächsten Tag wieder matt. Wütend warf er sie in die Ecke. Die Sichel prallte von der Wand ab und traf Liv am Oberschenkel. Liv wollte ihren Ehemann mit einer Limo überraschen. Ben zog die Sichel aus dem Bein und verband die Wunde notdürftig. Sofort fuhr die Familie ins Heywood Hospital. Liv wurde behandelt. Erleichtert kehrten sie im Westminster Cafe ein.

Tage Später nahm Liv den Verband ab. Sie und ihr Ehemann erschraken, denn um die Verletzung herum verfärbte sich die Haut schwarz. Ben rannte wütend zum Gartenhaus. Er nahm die Sichel und schlug mit einem Hammer auf sie. Wieder fuhren sie ins Hospital. Liv musste nun stationär behandelt werden. Ben und seine Tochter fuhren zurück. Erschöpft legte sich Ben in die Hängematte auf die Terasse. Linda spielte im Garten. Sie kam dem Gartenhaus immer näher. Nun waren es wenige Meter bis zur Tür. „Ich spiele jetzt verstecken mit meiner Puppe!", rief sie. Vater Ben war eingeschlafen. „Suche mich doch! Wo bin ich?" Linda versteckte sich im Gartenhaus.

Es blitze eine funkelnde Sichel auf. „Oh, die ist aber schön. Dad hat sie bestimmt für Mum poliert. Ich bringe sie ihm." Linda rannte mit der Sichel zu ihrem schlafenden Vater. Auf den Stufen kam sie ins Straucheln. Mit voller Wucht traf die Sichel ihren Dad mitten ins Herz. Er war sofort tot. Linda stürzte gegen einen Holzbalken, ihr Genick war gebrochen. Sie starb nur Minuten später. Ben blutete stark. Das Blut tropfte auf die Terasse. Es verfärbte sich schwarz. Im Hospital kämpften die Ärzte mit einer Blutvergiftung bei Liv. Sie verloren den Kampf, Liv starb.

Die Erben boten das Haus zum Kauf an. Zwei Brüder, Jack und Bill Miller, kauften das Haus. Bills Ehe war gescheitert. Seine Ex-Frau nahm sich vor Jahren das Leben. Als sie in das Manhattan Psychiatric Center eingeliedert wurde, schrie sie immer noch, dass die ganze Familie sterben würde. Olivia litt schon lange unter Wahnvorstellungen. Bills und Olivias gemeinsamer Sohn zog bereits früh aus dem Elternhaus. Er studierte in New York, heiratete eine gute Frau und sie bekamen einen Sohn … Steven … Steven Miller. Erst nach Olivias Tod wurde festgestellt, dass Olivias krankheit erblich bedingt ist. Nachfahren können ebenfalls daran erkranken.

Jack und Bill richteten das neu erworbene Haus ein. Jack, der nie verheiratet war, kümmerte sich mehr um den Garten.

„Hier war wohl einmal ein Kräutergarten. Den werde ich wieder neu anlegen. Es lag sogar eine Sichel im Schuppen.", sagte er zu seinem Bruder. Sein Bruder Bill erfreute sich über herrliche Ölgemälde, aber auch darüber, dass Jack Kräuter pflanzen wolle. Bill kocht für sein Leben gern und dazu kann er Kräuter gut verwenden. „Ich nahm immer eine Schere zum abschneiden der Kräuter.", schlug Bill vor.

Die Zeit verging. Alles schien zur besten Zufriedenheit. Eines Tages kam Jack mit einer Schnittwunde ins Haus. An der linken Hand hing der Daumen in Fetzen an der Hand. In der rechten Hand hatte er blutverschmierte Kräuter. „Hier habe ich frische Kräuter, Bill." „Jack!", schrie Bill auf, „was ist passiert?" „Ach, das wird schon wieder.", nuschelte Jack. Sofort fuhren sie ins Heywood Hospital. Der Daumen konnte nicht gerettet werden. Er war schon schwarz und ohne Leben.

Mit der Zeit veränderte sich Jack. Jeden Tag sah Bill aus dem Fenster. Jack war im Garten und schlug mit der Sichel wild um sich. Es schien so, als würde sein Bruder in einer anderen Welt leben.

Eines Tages besuchte der Sheriff die Brüder. „Mein Name ist Cobb, John Cobb. Ich bin Sheriff hier in Westminster. Vor zwei Tagen ist vor unserer Kirche eine tote Frau abgelegt worden. Sie beide wohnen zwar außerhalb des Tatortes, aber ich muss trotzdem nachfragen. Ich vermute, dass der oder die Täter die Frau an einem anderen Ort getötet haben. Die Autobahnabfahrt nach Westminster ist ganz in der Nähe. Haben sie etwas gesehen?" „Nein, ich war mit meinem Bruder auf unserem Grundstück. Hierher verirrt sich niemand. Wurde die Frau vergewalltigt? Wie sieht sie aus?", fragte Bill. „Das wollen sie bestimmt nicht wissen. Ihr Anblick war grauenvoll. Wenn sie beide mir noch Hinweise geben können, hier ist meine Karte."

Tage später fuhr Bill zum Einkauf. Hierbei erfuhr er, dass die Frau 35 Jahre alt gewesen ist. Ihr wurden Arme und Beine abgetrennt. Alles war in einem Müllbeutel zu finden. Messerscharf wurden die Gliedmaßen abgetrennt. „Wir haben es schon einmal mit einem Kettensägen-Mörder zu tun gehabt. Die Abtrennungen waren durch die Kettensäge zerfezt. Bei der Frau sah es aber so aus, als wäre eine Sense oder ein großes scharfes Messer im Spiel.", sagte der Verkäufer. „Oder es war eine Machete?", ergänzte ein Kunde. „Vielleicht eine Sichel?", fragte Bill. „Eher nicht, da muss man weit ausholen und braucht viel Kraft.", erwiderte der Verkäufer.

Bill kam zum Haus zurück. Jacks alter Ford stand nicht in der Garage. Er trug den Einkauf ins Haus und begann mit der Vorbereitung der Steaks. Jack kam zurück. Schnell verschwand er im Bad. „Jack! Ist alles in Ordnung?" Als Jack aus dem Bad kam, schien alles gut zu sein. Beide genossen die leckeren Steaks. Am Nachmittag pflegte Jack seinen Kräutergarten, während Bill das Haus säuberte. Im Bad ist ihm ein blutverschmiertes Handtuch aufgefallen. Ohne Bedenken steckte er es zur Schmutzwäsche.

Drei Tage später war der Geburtstag von Bill. Er lud seinen Bruder ins Cafe ein. Beide bestellten Omelett mit Speck. „Habt ihr schon vom neuen Mord gehört?", fragte die nette Serviererin. „Nein! Ist schon wieder etwas passiert?", fragte Bill erschrocken. „Im Dunn State Park ist ein älterer Mann tot und verstückelt aufgefunden worden. Er wohnte in Gardner. Teile seines Körpers trieben im Wasser. Ein Bein fehlt der Polizei noch. Wieder sind die Gliedmaßen messerscharf abgetrennt worden. Jetzt sogar der Kopf." „Gut, dass wir das Omelett schon gegessen haben. Da wird mir ganz übel. Bringe uns noch einen Whiskey.", sagte Bill. Trotzdem ließen sich die Brüder Bills Geburtstag nicht verderben. Abends gab es dann noch einen herrlichen Geburtstagsbraten. Bill fiel dabei auf, dass Jack den Braten vorzüglich und perfekt in Scheiben geschnitten hatte.

Irgendwie musste er an die Morde rund um den Ort Westminster denken. Wie messerscharf doch die Gliedmaßen von den Körpern abgetrennt worden sind. Bill schüttelte sich und dachte „male dir das nicht weiter aus".

Eines Tages fuhr Jack zum Einkaufen. Zu spät bemerkte Bill, dass wichtige Zutaten fehlten um für das Wochenende gut versorgt zu sein. Jack war schon Stunden unterwegs. Bill stieg in seinen Buick und fuhr zum Vincent's Country Store. „Hat mein Bruder alles eingekauft?" „Dein Bruder war nicht bei uns, zumindest heute nicht.", anwortete der Verkäufer. Das war für Bill eigenartig, denn auf der Fahrt zum Store sah er ihn auch nicht. Nun gut, Bill suchte sich Öl, Salz und Pfeffer und stieg wieder in sein Auto. Er fuhr die Leominster Straße entlang, als ihm an der Kreuzung zum Friedhof Jack mit seinem Ford entgegen kam. Links ging es zur Autobahn, rechts nach Hause und geradeaus zum Friedhof eben. Was wollte Jack dort? Jack sah Bill nicht. Nun fuhr Bill langsam auf der Narrows Road den Friedhof entlang bis zur East Road. Dann drehte er und fuhr zurück. Am Fridhof angekommen, sah er schon den Sheriff aus dem Wagen steigen. Eine Fridhofbesucherin fuchtelte aufgeregt mit den Armen und zeigte auf ein Grab. Bill stieg aus seinem Wagen aus. Er folgte dem Sheriff. Der Sheriff blieb wortlos an einem Grab stehen.

Noch 15 Meter, dann war auch Bill am Grab. Noch 8 Meter … noch 5 Meter … Bill musste sich übergeben. Vor einem Grabstein wurden Arme und Beine aufgestapelt. Auf dem Grabstein lag der Rest des Körpers. Das Blut floss am Grabstein herunter. „Was suchen sie hier?", fragte der Sheriff erbost. „Nichts, nichts, wirklich nichts.", stotterte Bill. Bill rannte zu seinem Auto zurück. Mit durchdrehenden Reifen fuhr er nach Hause. Sofort suchte Bill seinen Bruder. Im Haus war er nicht. Bill rannte zum Gartenhaus. Er stieß die Tür auf und sah Jack, wie er die Sichel putzte. „Wo warst du, Jack!", schrie Bill seinen Bruder an. „Ich, ich, ich weiß es nicht, Bill. Bill, irgendetwas stimmt mit mir nicht. Bitte hilf mir.", schluchzte Jack und legte die Sichel behutsam in eine Schatulle. Das ganze Wochenende redeten die Brüder miteinander. Ein Resultat gab es nicht. Montags kam der Sheriff vorbei. Er wollte genau wissen, wo sich die Brüder am Tattag auf dem Friedhof gewesen sind. „Ich war im Vincent's Country Store. Der Verkäufer ist mein Zeuge. Ganz in Gedanken bin ich an der Kreuzung nicht links abgebogen, sondern geradeaus zum Friedhof gefahren." „Warum waren sie in Gedanken?", fragte der Sheriff. „Meinem Bruder ging es nicht gut … das Herz.", log Bill. Der Sheriff glaubte Bill und verließ das Haus. „Jack, hast du mir wirklich nichts zu sagen?", wollte Bill unbedingt wissen. Von Jack kam keine Regung.

Zeit verging …

Jack pflegte seinen Kräutergarten und Bill kümmerte sich um das Haus. Immer wieder sah Bill, wie Jack wild mit der Sichel um sich schlug. Dann ging er aber auch wieder ganz behutsam mit der Sichel um, zumindest dann, wenn Jack Kräuter abschnitt.

Eines Nachts bemerkte Bill, wie Jack noch einmal das Haus verließ. Er lief zum Gartenhaus und holte seine Sichel. Dann lief er über das eigene Grundstück um zum Nachbarhaus zu gelangen. Bill zog sich schnell seine Schuhe an und lief Jack im Pyjama nach. Am Nachbarhaus angekommen, bemerkte Bill gleich das zerbrochene Glas an der Hintertür. Auf dem Boden lag regungslos der Nachbar Henry Jonas. Jack holte weit aus mit der Sichel. Bill warf sich ihm entgegen und hielt seinen Arm mit aller Kraft fest. Dabei verletzte sich Bill am Arm. Die Sichel rizte eine 15 Zentimeter lange Wunde ein. Beide fielen zu Boden. „Was, was mache ich hier?", rief Jack seinem Bruder zu. „Kannst du dich etwa an nichts erinnern?", stellte Bill eine Gegenfrage. „Nein, Bill, wirklich nicht.", antwortete Jack. Beide beseitigten alle Spuren. Henry Jonas Verletzung am Kopf wurde versorgt. „Hat dich Henry gesehen?" „Nein, er kam in den Raum, nachdem er das Glas brechen hörte. Danach schlug ich ihn nieder. Ab jetzt weiß ich von nichts mehr."

Bill schickte Jack zurück zum Haus. Er wartete bis Henry aufwachte. „Was ist los? Ich habe ja vielleicht einen dicken Schädel." „Henry, da hat dich wohl ein Einbrecher besucht. Erinerst du dich an etwas?" „Nein, an nichts. Morgen fahre ich zum Sheriff. Danke für deine Rettung und Hilfe. Wie geht es deinem Bruder?" „Ach, der war noch unterwegs."

Jetzt stand für Bill fest, sein Bruder war für die Morde verantwortlich. Für Bill war Jack sehr krank. Seine tiefe Wunde heilte eigenartiger Weise von ganz allein.

Die Brüder passten nun sehr aufeinander auf. Und doch kam der Tag, als etwas furchtbares passierte. Bill hörte Jack wie in Trance sagen: „Ja, du rufst mich. Ich gehorche. Was darf ich für dich tun?" Bill schreckte auf und wollte seinen Bruder zurückhalten. Er stürtzte über den Teppich, schlug mit dem Kopf auf den Tisch und blieb bewusstlos liegen. In Trance nahm Jack die Sichel, zog seinen schwarzen Trechcoat über und stieg in seinen Ford. Er fuhr in Richtung Gardner. Auf dem East Broadway begann der Horror. Vor dem ersten Rstaurant parkte er den Ford direkt vor der Tür und ging gezielt in den Gastraum. Die Sichel hielt er unter dem Trenchcoat in Brusthöhe verdeckt. „Guten Abend der Herr. Darf ich sie zu einem freien Tisch begleiten?", fragte der Kellner. Wortlos machte Jack eine Handbewegung, der Kellner solle vorangehen.

In der Mitte des Gastraumes zückte Jack blitzschnell die Sichel und schlug mit der Sichel auf den Kellner ein. Sein Kopf fiel zu Boden. Das Blut spritzte aus dem Rumpf. Langsam viel er auf die Knie, dann auf den Brustkorb. Während des Fallens trennte Jack beide Arme ab. Der Körper blutete aus. Die Gäste hielten das Geschehene erst für eine gruselige Show. Und schon ging es weiter. Die Sichel trennte Arme und Köpfe von den Gästen. Ihre Körper kippten blutend auf die Tische. Suppenteller füllten sich mit ihrem Blut. Arme lagen auf dem Boden. Blut war nun überall. 12 Menschen verloren ihr Leben. An einer sauberen Tischdecke putzte Jack das Blut von der Sichel und brachte sie auf hochglanz.

In zwei weiteren Restaurants auf dem West Broadway schlug Jack mit der Sichel noch zu. Weitere 9 Menschen fanden den Tod. Immer wieder das gleiche Ritual. Nach dem Horror polierte Jack die Sichel immer auf hochglanz.

Ruhig und gelassen stieg er wieder in seinen Ford und fuhr in Richtung Gardner City über die Main Street. Vor dem City-Restaurant parkte er wieder direkt vor der Tür. „Hallo Sir! Hier können sie nicht parken!", rief ein Angestellter. So wollte es Jack eigentlich nicht. Das morden sollte erst im Gastraum stattfinden. Doch Jack zog die Sichel unter dem Mantel hervor, holte weit aus und schlug zu. Der Kopf des Angestellten flog 10 Meter weit. … Der Rumpf fiel langsam ins Gebüsch.

Menschen auf der anderen Straßenseite sahen den Vorfall und benachrichtigten schnell den Sheriff.

In der Zwischenzeit betrat Jack den Gastraum. 17 Gäste und zwei Kellner verloren ihr Leben. Blut spritzte aus den Wunden. Arme und Köpfe lagen im gesamten Raum. Die Tepiche sogen sich mit Blut voll.

„Hier ist der Sheriff! Hände hoch! Ergeben sie sich!", schrie der Sheriff. Zwei Deputies kamen noch zu Hilfe.

Jack holte aus … der Sheriff schoss … die Sichel schleuderte durch den Raum … die Deputies schossen ihre Waffen leer … alles war wie in Zeitlupe … die Sichel fand ihren Weg und flog direkt auf den Sheriff zu. Er kippte durch die Wucht nach hinten. Blut floss aus seiner Brust.

Jack brach tot zusammen. 18 Kugeln trafen ihn. Die Deputies schauten auf den blutenden Sheriff. Er öffnete die Augen und erhob sich langsam. Sein Sheriff-Stern rettete das Leben des Sheriffs.

DER HORROR WAR VORBEI!

Bill blieb nicht in Westminster wohnen.

Die Sichel und eine Blutprobe des Sichel-Mörders wurden nun im New York City Police Museum untergebracht. Beides ist mit der höchsten Sicherheitsstufe versehen. Das Blut des Mörders ist schwarz und besaß bei der Untersuchung keinen Sauerstoff. Bis eines Tages der Geist erwacht.

…

Jedoch, da war noch etwas … Bill wurde ja von der Sichel verletzt. Er war ihr ebenfalls verfallen. Mit Hilfe von Ganoven, die er mit dem Geld des Hausverkaufes entlohnte, stahl er die Sichel aus dem Police Museum und flüchtete nach London, wo er bis an sein Lebensende untertauchte.

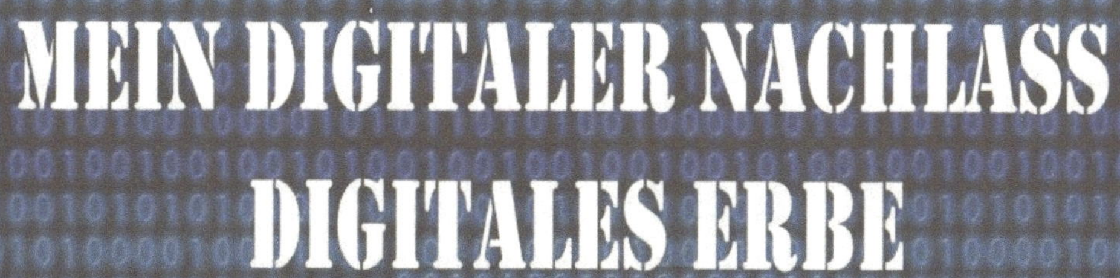

MEIN DIGITALER NACHLASS
DIGITALES ERBE
Mit Erfolg Schritt für Schritt zur Absicherung!

Sültz Bücher

Brille vergessen?
Sültz' Bücher mit großer Schrift!

Sültz' Tipps
&
Ratschläge

1881 im WILDEN WESTEN und in GOOD OLD GERMANY

R.G. Wardenga
by SUELTZ BUECHER

Fast vier Jahrzehnte später … der **HORROR** geht weiter!

Das Blut des Mörders, zusammen mit der Mördersichel, wurde zuletzt in New York City, im Police Museum, ausgestellt.

Wir befinden uns nun im Jahr 2019, dass dieses spezielle Museum streng bewacht wird, kann man sich ja denken. Täglich belagern viele Neugierige die Vitrinen im Kriminal- Museum. Nichts gerät hier außer Kontrolle. Bis jetzt.

Das Blut klebte noch an der Sichel. Trotzdem strahlte sie in stolzem Glanz, als wenn sie eine Seele hätte. Die Vitrine war versiegelt und mit dickem Panzerglas versehen. Niemand hätte sie unbemerkt entwenden können.

Carmen Miller kam mit ihren zwei erwachsenen Söhnen. Die jungen Männer studierten Kriminologie und wollten sich auf diese Weise einen kleinen Einblick in diese Welt verschaffen. Carmen stand vor dem Glaskasten und bewunderte die Schönheit der Sense, die trotz ihres hohen Alters noch einen makellosen Goldüberzug besaß. Dass sie mit dunklem, getrocknetem Blut verschmiert war, sah Carmen nicht direkt. Je länger sie dieses Objekt betrachtete, umso mehr verspürte sie den unwiderstehlichen Drang zu morden. Sie schüttelte sich. Nein, das durfte und konnte nicht sein. Diese Gedanken wollte sie schnell wieder loswerden.

Carmen war eine biedere Hausfrau, die alles für ihre Söhne tun würde. Als sie damals von ihrem Mann verlassen wurde, waren die Söhne noch klein und sie erzog sie ganz alleine. Alles tat sie, damit es ihnen gut ging. Es wurde schon dunkel als sie mit ihren Söhnen das Museum verließ.

Jeden Abend um die gleiche Zeit, fand ein Kontrollgang durch das Museum statt. Jack Braun blieb plötzlich vor der leeren Vitrine stehen. Er traute seinen Augen nicht. Die blutige Sichel war aus dem gesicherten Glaskasten verschwunden, ohne eine Spur des Einbruchs zu hinterlassen. Es wurde unheimlich still, keiner der Beamten wagte sich etwas zu sagen. Obwohl Jack Braun ein stattlicher, kräftiger Mann war, lief ihm die Angst eiskalt den Rücken herunter. Seinem Kollegen Joseph Miller ging es nicht anders.

Die Männer machten Meldung, und innerhalb von Minuten war die Polizei vor Ort. Es wurde vermutet, dass hier nur eine unsichtbare, dämonische Kraft so etwas bewerkstelligen konnte.

Carmen Miller schaute in den Spiegel ihrer Kommode. Nein, sie war nicht sie selbst. Sie merkte, dass mit ihr eine Veränderung stattfand. Die einst so mädchenhaften, zarten Gesichtszüge waren verschwunden. Sie fürchtete sich vor ihrem eigenen Spiegelbild. Je länger Carmen sich betrachtete umso bösartiger wurde ihr Blick.

Es war nicht nur das Gesicht, welches sich verändert hatte. Die ganze Gestalt der einst hübschen Frau sah einfach zum fürchten aus. Sie trug ein langes, schwarzes Gewand und ihren gesamten Kopf verbarg sie unter einem langen, schwarzen Schleier. Die Horror- Sichel hatte es wieder geschafft, sich einen Handlanger auszusuchen.

Ein paar Tage später schlich sich Carmen zum Hintereingang des New York City Theaters. Es war schon recht spät, die letzte Vorstellung lief. Es herrschte andächtige Stille. Der Dämon, der von Carmen Besitz ergriffen hatte, setzte sich in die obere Reihe des Theaters. Carmen zog die schwere, goldene Sichel hervor und schlug blitzschnell den Menschen, die eine Reihe vor ihr saßen, die Köpfe ab. Die besessene Frau ergötzte sich an dem Blut, welches unaufhaltsam auf den dicken Teppich des Theaters floss. Sie leckte daran bevor sie ihren Körper damit einrieb.

Carmen verschwand ungesehen in der Dunkelheit der Nacht. Niemand ihrer sonst so neugierigen Nachbarn bemerkte, dass sie die Tür ihres Hauses aufschloss und lautlos dahinter verschwand. Sie fiel vollkommen erschöpft auf ihr Bett und irgendwann in der Nacht verließ der Dämon ihren Körper. Sie wachte in Blut gebadet auf. Alles klebte und stank nach geronnenem Blut. Carmen musste sich übergeben. Es kam ihr vor wie ein grausiger Alptraum.

Nur, wo kam diese Blut in ihrem Bett her? Hatte sie sich etwa verletzt? So krampfhaft sie auch versuchte, sich zu erinnern, es gelang ihr nicht.

Um 23 Uhr, sobald die Dunkelheit sich über die Stadt gelegt hatte, wurde es ruhig und man sah nur wenige Menschen. Schlecht beleuchtete Nebenstraßen waren gewiss auch daran schuld. Gerade in dieser Gegend mied man es, bei Dunkelheit hier zu sein. Carmens Gestalt war komplett in Schwarz gehüllt und verdeckte ihren Körper ganz. Ein Paar und eine junge Frau gingen angeheitert auf die Haustür eines Mietshauses zu. Gerade als sie aufschließen wollten geschah es. Mit grunzenden und kreischenden Geräuschen sprang Carmen hervor. Der Speichel lief ihr aus den Mundwinkeln. Die zierliche Frau hob die schwere Sichel und schlug mit einem geraden Schnitt den drei Menschen die Köpfe ab. Als wenn das nicht schon genug wäre, trennte sie den Leuten noch Beine und Arme ab. Blut floss über den Asphalt. Die Körper bluteten völlig aus. Carmen bückte sich und griff mit den Fingern Blut. Sie leckte ihre Finger, es war absurd. Immer noch waren die Nebenstraßen wie ausgestorben und niemand bemerkte etwas. Carmen kniete sich jetzt. Jetzt trank sie das Blut und rieb sich hinterher noch ihren Körper damit ein. Der Blutrausch schien kein Ende zu nehmen. Die Sichel war wieder verschwunden und eine zierliche Frau, in Schwarz gekleidet, lief davon. Carmen betrat ihr Haus. Auch dieses Mal bemerkte sie niemand. Sie legte sich ins Bett, ohne sich vorher zu waschen und schlief bis zum anderen Tag durch.

Als die Leichen am folgenden Morgen gefunden wurden, lag ein entscheidendes Beweisstück daneben. Carmen trug immer ein Medaillon um ihren Hals, in dem alle wichtigen Daten zu ihrer Person eingetragen waren. Die Söhne wollten es so, falls ihr einmal etwas zustoßen würde. Es war jetzt sehr hilfreich, nur auf eine andere Weise. Die Polizisten klingelten und Carmen öffnete blutverschmiert die Tür. Die Sichel war wieder in ihrer Hand. Mit einem sauberen Schnitt, fiel der Kopf des klingelnden Polizisten auf den Boden. Carmen hatte vollkommen die Gesichtszüge eines Menschen verloren. Sie besaß eine grausame Horrorfratze und Blut lief an ihren Mundwinkeln herunter. Die einst so unschuldige biedere Frau und Mutter wurde vollkommen vom Geist der Mördersichel erfasst und tat nur noch das, was die Sichel wollte. Der zweite Beamte war geschockt. Carmen holte wieder aus. Der Beamte hob seinen linken Arm zur Verteidigung. Der Unterarm wurde abgetrennt. Er merkte es nicht einmal, er verspührte keinen Schmerz.

Mit der rechten Hand griff er nach seiner Pistole Glock 19. Noch während Carmen wieder ausholte, schoss der Polizist das volle Magazin vollkommen leer.

Das Aufräumkomando brachte die Sichel des Todes wieder in das New York City Police Museum. Sie wurde nicht mehr ausgestellt. Im Keller wurde sie eingelagert. Der Schlüssel wurde dem FBI übergeben. Das FBI untersuchte die Sichel akribisch. Die Vermutung, dass die Sichel in der Eisenzeit von Hand geschmiedet wurde, konnte nicht bestätigt werden. Das Material war wesentlich älter und völlig anders aufgebaut. Eine Untersuchung mit dem Rasterelektronenmikroskop ergab eine grausige Entdeckung. Der FBI-Untersuchungsbeamte Jim Collins sah eine undurchdringliche Oberfläche. Er montierte den roten Holzgriff ab. Dieser wurde irgendwann einmal erneuert. Collins legte die Sichel wieder unter das Rasterelektronenmikroskop. Zur Sicherheit wurde der Raum mit Kameras überwacht. Was den Sicherheitsbeamten dann auf den Monitoren gezeigt wurde, war ein unheimlicher Anblick. Collins berührte den freigelegten Schaft der Sichel. Nun nahm Collins die Sichel in die Hand, jetzt verband sich die Sichel mit der Menschenhand direkt. Wieder übernahm der Geist der Sichel die Oberhand des Menschen. Wild schlug er um sich. Mit voller Wucht schlug sich Collins nun den linken Unterarm ab. Blut spritzte aus seinem Armstummel. Immer wieder schlug Collins jetzt auf seine Beine ein. Die Sicherheitsbeamten stürmten den Untersuchungsraum. Collins warf die Sichel auf einen Beamten. Wie in Zeitlupe flog die Sichel dem Beamten entgegen und spaltete seinen Kopf. Er brach tot zusammen. Der andere Beamte schoss Collins in den Kopf und ins Herz. Collins war sofort tot.

Das Rasterelektronenmikroskop zeigte, dass nach der Abnahme des Holzgriffs, der Schaft Öffnungen besaß, aus denen lebende, wohl außerirdische Zellen austraten. Diese wanderten durch den Holzgriff in die Menschen, die die Sichel benutzten. Collins wurde direkt, ohne Holzgriff, konterminiert.

Die Sichel ist heute im militärischen Sperrgebiet AREA 51. Den Code und den Schlüssel zum Stahl-Tresor, der in vielen Kilometern Tiefe liegt, wurde dem aktuellen Präsidenten der Vereinigten Staaten von Amerika übergeben.

ENDE, ODER?

Kaminofen-Geschichten
R.G.Wardenga
120g Fotopapier
in Brillant-Druck
GOLD EDITION
SÜLTZ BÜCHER
Sültz Bücher
Über 110 Kurzgeschichten
aus allen Genres!

UFO Logbuch
Meine UFO-Sichtungen
Sültz Bücher
nb